Ana que vivia no espelho

Ana que vivia no espelho

Andre L Braga

Autor: Andre L Braga
Capa: Andre L Braga
Fotografia: ractapopulous @ Pixabay
ISBN: 9789462546899

Prólogo

Meu nome? Anelise. Anelise Schreder. Mas pode me chamar de Ana. Todo mundo me chama de Ana, e isso já vem desde pequena. Me lembro da minha mãe me chamando de Anelise quando era pra me dar bronca. E só. Pro resto do mundo, sempre fui Ana. Já me acostumei com isso. A gente se acostuma, depois de alguns poucos anos. E nem foram tão poucos assim. Já se passaram 37 anos desde o dia que meus pais me deram o nome de Anelise, mas minha memória não vai tão longe assim. Do que consigo me lembrar, acho que faz uns 35 anos que sou Ana. Tô te aborrecendo com essa estória toda, né? Sempre acabo fazendo isso...

Sou publicitária, formada pela USP. Conclui o curso em 2005, e da USP fui direto estagiar na cobiçada W/Brasil. Era conhecida na agência como a queridinha do Olivetto... Não por outro mérito, senão minha criatividade e tino comercial. Pense em qualquer campanha de sucesso da agência entre 2006 e 2010. Meu nome faz parte da equipe de criação. Sem a menor sombra de dúvidas. Fiquei por ali até 2010, quando anunciaram fusão com a McCann Erickson. E então decidi que era hora de partir. Foi assim que nasceu a Schreder Comunicação Digital. Minha própria agência. Totalmente dedicada ao marketing digital. E olha que fui vanguarda nisso! Lógico que já se falava em marketing digital nos idos de 2010. Mas a verdade é que ninguém sabia de verdade o que era isso, e como fazê-lo. Mas posso lhe assegurar que minha agência sabe. A gente sabe fazer marketing digital, porque isso é tudo o que fazemos. E o fazemos bem. Muito bem. Melhor que qualquer outra agência no Brasil. A propósito, a Ad Age publicou um ranking das agências de marketing digital, e estamos entre as Top 10 do mundo!

Moro sozinha. E não tem nada que ver com falta de opção, não! Sou solteira, não tenho filhos e moro sozinha por opção! Por que sempre tem alguém que vem com essas perguntas, hein? Que droga! Sempre tem essa pressão social... *"Ah, mas ainda está em tempo de arrumar um namorado..."* Ou então: *"Não precisa de homem pra ter filho, não! Produção independente, amor!"* Isso quando não vêm com comentários do tipo: *"Só pode ser amor não correspondido... No mínimo se frustrou no passado, agora não quer mais se relacionar..."*

Me sinto melhor assim sozinha. Gosto de ter minha liberdade, meu espaço. E nem estou assim tão sozinha, na verdade... Porque vivo eu mais meu espelho... Quando quero conversar com alguém, é com ele que converso... Com meu próprio reflexo no espelho...

Mas ultimamente meu reflexo não tem me dito coisas muito agradáveis a meu respeito... Estou um pouco frustrada com ele... Não! Estou frustrada é comigo mesma! Porque fico dando tudo de mim pr'aquela agência, e o que resta de mim é apenas uma silhueta deformada daquilo que uma mulher de 37 anos deveria aparentar. Me tornei uma velha, gorda, enrugada... Esses meus cabelos ralos, mal cuidados... Esses meus braços flácidos, meu olhar caído, minha bunda achatada, minha barriga desprezível... Me transformei em um saco fétido de gordura e pele, contido no corpo de uma empresária de sucesso! Não passo disso, uma empresária de sucesso! Porque, como mulher, me tornei a mais repugnante das silhuetas!

A Ana não mente! Ela, não eu! A Ana que vive em meu espelho! É ela que me conta todas essas duras verdades sobre minha horrível aparência física. Sobre o monstro que me tornei ao longo dos anos. Sobre o mal que fiz a mim mesma, sobre o quanto desrespeitei meu corpo, permitindo que chegasse nesse ponto deprimente onde cheguei. A Ana não mente. Mas o resto do mundo, sim! É um bando de puxa-sacos, tentando me fazer crer que está tudo bem com minha aparência, só por conta da minha posição, como sócia majoritária da agência! Ou então um mais cínico que o outro, tentando me fazer acreditar que está tudo bem, quando a Ana me mostra que está tudo mal! Sabe o quê? Acho que são tudo filho da puta mesmo! Ficam tirando sarro de mim! Assim, na cara dura! Sabem que não passo de uma velha gorda, mas ficam dizendo: *"Nossa, Ana! Ficou ótimo seu corte de cabelo!"* Ou então: *"Uau! Esse vestido ficou um arraso em você, querida!"*

Por que moro sozinha? Porque não gosto de gente falsa! E além do mais, tenho a Ana morando lá no espelho de casa. E ela é a melhor amiga que jamais

tive, em toda minha vida. Ela é a única pessoa verdadeiramente sincera que conheci nestes 37 anos de minha existência. A Ana é tudo em minha vida. E isso é tudo que tenho pra dizer, então deixa eu ir pegando minhas coisas e tomando meu rumo de volta pra casa... Já falei demais pra um primeiro encontro!

A propósito, qual o seu nome mesmo?

1 Primeiras impressões

Nah, nah, não! Não teve nada de errado não! Só mais uma daquelas que vêm, entram mudas e saem caladas... Tem paciente que precisa de mais tempo que os outros, mas só de ter vindo já é uma vitória... (...) Sim, sim... Consulta cheia! Não usou os cinquenta minutos porque não quis! Agora não deixa ela sair sem marcar retorno não! Essa aí é bomba-relógio... Se não cuidar, é já que explode... (...) Sei lá! Cobra antecipado a próxima consulta, diz que é norma da clínica! Dá um jeito aí... E você sempre dá um jeito! (...) Agora só as onze e meia, né? Isso... Você é a melhor, querida! Gratidão, viu?

Ficha número 801. Anelise Schreder. Gênero feminino. Que coisa mais estúpida... Até sistema agora fica com essa coisa de gênero, ao invés de perguntar o sexo! E olha aqui, agora tem *"não declarado"* como opção! Valha-me deus... Mas vamos lá. Anelise Schreder. Gênero feminino. Nascida aos 30 dias do mês de setembro de 1980. Libra... Óbvio! E ainda há quem diga que essa coisa de horóscopo não funciona... Tá bom... Empresária do ramo publicitário. Solteira. Sem filhos. Vive sozinha. Quer dizer, ela diz viver com a Ana, sua amiga do espelho...

Motivo pelo qual procurou ajuda? Não declarado. Veio, me contou seu currículo e se mandou. Possível diagnóstico: anorexia. Visualmente, aparenta estar abaixo do peso para sua altura. Mas só um pouquinho, assim beeem de leve. E esse fato isolado não seria evidência médica suficiente para um diagnóstico. Há de se considerar o evidente conflito entre a forma que percebe sua aparência física, e o feedback que recebe de terceiros. Apesar de ligeiramente abaixo do peso, sua aparência física ainda me é agradável aos olhos. Até me atreveria a classificá-la como sensualmente atraente... Mas devo me ater a comentários de cunho profissionais neste relatório, não é mesmo? Sou uma profissional séria. Sou uma profissional séria. Sou uma profissional sé-ri-a... Pronto. Respira. Vamos lá...

Se pensarmos nos três diferentes estágios da anorexia obsessiva, ela se encontra provavelmente no primeiro. Talvez entrando no segundo. Enfrenta o conflito entre a maneira que se enxerga e como os outros a enxergam. Mas, no pouco que me contou, o conflito vem do contraste entre o elogio de terceiros e sua autocrítica quanto a sua aparência física. Está mais para fase um. Com certeza. Na segunda fase, estaria mais próxima de sentir prazer por seguir emagrecendo, quando todos ao seu redor passariam a se preocupar com sua constante perda de peso, a aparência quase que cadavérica, denunciando sua doença. O certo é que passa longe da terceira e derradeira fase, quando as funções fisiológicas começam a ser comprometidas. É. Estaria mais para fase um... Precisamos explorar os possíveis gatilhos dessa fase um na próxima sessão...

Mas e essas conversas com o espelho? Estariam tais conversas ligadas a anorexia, ou seu quadro clínico é mais complexo do que pude constatar nesse primeiro e breve encontro? Há relatos de pacientes que, na fase três, chegaram a sofrer alucinações, tamanha a falta de nutrientes para manter o bom funcionamento das funções cerebrais. Mas a paciente não se encontra na fase três... Definitivamente, não! É possível que suas conversas com o espelho sejam nada além de linguagem figurada. Sua forma de tentar me dizer que sofre de anorexia, mas sem ter que dizê-lo de fato. Ela sabe que sofre de alguma patologia de cunho psicológico, caso contrário não teria me procurado... Mas não se sentiu totalmente à vontade para compartilhar suas dores comigo... Talvez nunca se sinta assim tão à vontade... Ai, ai, ai... Acho que me deparei com mais uma daquelas pacientes que a gente tem que arrancar os problemas a fórceps... Taí! Quem mandou estudar Psicologia? Besta...

Essas conversas com o espelho podem estar ligadas a alguma forma de melancolia. Já dizia Freud: *"Mmmmmm"*... É, com certeza ele disse alguma coisa que relacionava essas duas patologias! Depois procuro nas minhas anotações... Pode ser que ela sofra de algum grau de depressão. Pode ser que sua depressão tenha sido o gatilho de sua anorexia. Mas a questão é a seguinte: se confirmado o quadro depressivo, como é possível que tal quadro não se manifeste no trabalho? Ela descreveu sua vida profissional como um verdadeiro sucesso! Mas pode ser mentira. Pode ser uma visão idealizada. Pode ser que sua agência vai de mal a pior. Vou pesquisar depois a respeito. Ou não. Não cabe a mim fuçar na vida particular de meus pacientes! Bicho curioooso...

Ou então… o trabalho que desenvolve na agência está muito aquém daquilo que idealiza em sua mente!

Anotando: explorar sua real percepção acerca do trabalho. Óbvio que gente deprimida pode trabalhar super bem num dia e se suicidar na manhã seguinte! E tem paciente que sofre de melancolia e sua manifestação se dá unicamente através de distúrbios maníaco-depressivos. O bom velhinho austríaco tem sempre a razão… Tem uma conexão aí dessa anorexia com estados depressivos…

Oi. Já deu o horário? Ok. Me dá três minutinhos pr'eu ir ao banheiro? Daí já pode encaminhar o paciente das onze e meia pro meu consultório. Obrigada, querida! Você é um amor!

2 Sobre a Schreder Comunicação Digital

Você quer saber da agência, é isso? Que legal! Pago pra vir aqui falar sobre mim, e você quer que eu fale sobre meu trabalho...

Tá vendo? Mais uma vez tentei ser irônica, mas meu senso de humor não me ajudou em nada... É sempre assim. Não nasci pra stand-up comedy. Ainda bem que sou boa publicitária...

Deixa eu te explicar então. Você já ouviu aquela estória de que marketing digital é igual marketing tradicional, só que digital? Então... Tá tudo errado! O marketing digital incorpora conceitos do marketing tradicional, tais como retorno sobre investimento, convertendo o esforço de marketing em vendas e fidelizando clientes. Mas tais conceitos se aplicam em uma realidade distinta do mundo físico.

No marketing tradicional, uma empresa pode querer combinar uma campanha de marketing na TV com ações específicas nos pontos de vendas, desde compra de espaço destacado nas gôndolas de um supermercado e contratação do pessoal que fará a demonstração de seu produto naquele ponto de venda, até a comercialização de pacotes promocionais como *"compre isto, leve aquilo"*, ou *"agora 20% a mais"*, ou então *"nova fórmula"*. Ou não. Uma boa campanha televisiva pode impulsionar vendas tanto quanto iniciativas de Marketing 360º. Tudo depende do contexto.

No marketing digital, ações isoladas normalmente não são recomendadas. Uma marca pode, por exemplo, ter número incontável de seguidores no Instagram e, ao mesmo tempo, não conseguir monetizar follows e likes em vendas. Investir em links patrocinados pode não gerar receita suficiente para que haja um mínimo de retorno. Aparecer no topo de mecanismos de busca, por si só, tampouco garante o sucesso de vendas de um site. No marketing digital, a empresa precisa saber muito bem o que busca, o que seus clientes buscam e como tais interesses se conciliam. O conteúdo online apropriado, com o devido destaque nos mecanismos de busca, links patrocinados, publicidade por meio de banners em páginas de terceiros, mídias sociais, serviço descomplicado de atendimento ao cliente, mecanismos de vendas online sem burocracias... Tudo isso combinado, ou alguns desses elementos atuando em conjunto, aumentam as chances de conversão de seguidores em receitas e lucros. Tudo vai depender de uma estratégia de marketing digital apropriada, que conecte os interesses da empresa com os de seus seguidores online. E é nessa definição da estratégia de marketing digital que a Schreder faz toda a diferença! Criar um website legal, ou fazer uns videozinhos bacanas de um minuto pro Instagram, isso tá assim de gente que faz. Mas o que gente sabe fazer melhor que muita agência grande por aí é ler os interesses e as preferências de nossos clientes e seus fãs online, e só então conectar os pontinhos entre eles. Você me entendeu?

Ah! Você quer saber como anda minha vida profissional, é isso? Desculpa aí... Não entendi que era pra esse lado que você 'tava tentando ir... Então... Pra ser bem sincera contigo... Não poderia estar melhor! Sou dona da minha própria agência, reconhecida entre as Top 10 do mundo nesse nicho de mercado, e meus clientes demonstram níveis de satisfação como nunca tinha visto antes, nem mesmo no meu tempo de W/Brasil! E olha que a gente fez coisa grande por lá, hein? Isso sem contar os prêmios que a gente ganhou...

Mas por que você queria saber como andava minha vida profissional na minha agência? Nunca lhe disse que ia mal...

Ah, sim! Tá certo! A agência me suga as energias, verdade... A Ana vive me dizendo isso! Que trabalho demais. Que não me cuido. Que não me valorizo. Que acabei neste estado deprimente porque assim o quis. Porque não fiz nada pra preservar meu corpo, minha feminilidade... Sempre pensei em trabalho, trabalho, trabalho... E ela tá super certa, porra! Ela tá certa! Cacete...

Tudo que fiz da vida foi trabalhar. Lutar pelo meu lugar no mundo. Lutar para ser a melhor no que faço. Ser referência. Ser reconhecida. Mas nunca quis ser referência em beleza feminina... E aí que acabei me descuidando...

A Ana tá certíssima. Aparento ser muito mais velha do que sou. E isso não é nada legal, viu? Mas isso vai mudar... E sem que tenha que sacrificar minha agência. Porque dela, a agência, me orgulho muito. Muito mesmo! Mas o mesmo não posso dizer deste meu corpo... E é aí que a Ana me cobra. E com razão. Mas vou fazer alguma coisa. Já estou fazendo, é fato. Mas menos do que poderia fazer. Essa minha jornada ainda vai gerar muitos frutos. A Ana não tá nem aí pra Schreder, essa é que é a verdade! Ela se preocupa só comigo. E ainda vou ser motivo de muito orgulho pra ela. Você vai ver, me aguarde.

Aliás... 'Tive olhando essa sua presença online... Ruinzinho essa tua página web e as postagens no Face e no Insta, hein? Começa com aquela poluição visual, aquele monte de banner de terceiros, a página que leva uma vida inteira pra carregar... Você tá mandando ver nos bots pra minar bitcoins às custas de leitores, tá não? Humpf! E aqueles webinars gratuitos que você oferece no Face, e os merchants descarados no Insta... Desculpa, hein! Mas sua estratégia de marketing virtual tá beeem errada. Quer uma ajuda?

3 Schreder sob a ótica dos empregados

Meu... Fala sério! Não aguento mais a Dona Perfeição reclamando na minha orelha! Nada nunca está bom pra ela! Nunca! A gente se mata de trabalhar, e ela vem e diz que não suporta gente mole. A gente vem com aquela ideia fodástica, e ela acha defeito e engaveta. A gente propõe aquela estratégia matadora, até o cliente elogia, e ela diz que não vai dar ROI, que a mídia não é apropriada pro posicionamento da marca e seu público-alvo... Porra! Se a ideia não é dela, então não pode ser boa. Não é sempre assim mesmo?

Ah! E isso quando ela não rejeita a ideia num dia e apresenta pro cliente no outro, assim no meio da reunião, sem fazer parte do pre-reading, sem alinhar com ninguém antes, como se tivesse pensado naquilo assim de repente! Como se fosse aquele mágico momento de insight criativo, que só mesmo a Dona Perfeição é capaz de ter... Me poupe...

Ela é uma ladra de ideias, isso sim ela é! Pilantra! Rouba nossas ideias na cara dura, não dá crédito a ninguém, não diz sequer um obrigado. E depois ainda reclama. E reclama. E reclama... Diz que, não fosse por ela, a agência não existia. Não porque ela é a dona, porque pôs seu capital a risco e tal. Mas porque ela é a única que pensa fora da caixinha, que traz soluções pros clientes. Ela acha que é a única capaz de fazer a diferença. E o pior é que ela vende essa mentira como ninguém! Os clientes caem tudo nessa conversinha dela. Ou então não estão nem aí com isso. Porque, pra eles, o que importa é o serviço que a agência presta, não quem foi que criou a estratégia ou a campanha deles...

Você tinha que ver o chilique que ela deu outro dia na reunião com o pessoal da Praia & Sol! Meu, você não faz ideia! Até com cliente a louca anda dando pití! Óbvio que não com a diretora de marketing deles, mas com a assistente que mandaram pra apresentar o briefing pra gente dia desses... Acho que ela ainda não está louca o bastante pra brigar com diretor de cliente, mas já chegou ao ponto de faltar com respeito com gente mais júnior...

Bom. Escuta essa aqui que é muito boa! Quase surreal! A mina da Praia & Sol 'tava apresentando o briefing de lançamento da nova coleção. O trabalho de fotografia já 'tava pronto. Uma superprodução, bicho! Chamaram fotógrafo e modelos tudo de primeiro escalão, cenário paradisíaco, tudo top! 'Tava tudo pronto pro lançamento da linha praia, Verão 18-19. Tá voltando com força aquele lance do asa delta, tá ligado? E pronto. Isso já foi o suficiente pra Dona Perfeição perder as estribeiras! Começou a criticar o trabalho de fotografia, que não ia dar pra usar aquilo não, que o formato não era adequado pra mídia digital, que a Schreder não trabalha desse jeito... Foi uma lista interminável de nãos. Até que a pobre da garota da Praia & Sol tentou sugerir algumas adaptações, disse que as fotos 'tavam tudo vetorizadas, que tinha mais um monte de quadros à disposição pra escolha e tal. E sabe o que a fina da Anelise soltou, ali na frente de todo mundo? *"Menina, você não entende nada de marketing digital mesmo, né? E esses biquínis aí então? Asa delta é tão anos 80... Vocês querem uma campanha de marketing digital ou 'tão gravando um clipe pro revival da banda Blitz?"*

Meu... Não sabia onde enfiar a cara... Acha que é pra se falar uma coisa dessas pra cliente? Surreal, bicho... Mas a garota não deixou barato não! Deu-lhe uma patada de volta que foi linda de se ver... Ela estufou o peito, olhou bem pra Anelise e disse que ela é que estava muito nos 80 pra poder exibir seu corpo na praia em um asa delta... E então virou o rosto pra gente e, como se quisesse sussurrar pra ela não ouvir, mas tendo como objetivo exatamente o oposto, soltou assim sem dó: *"Oi-ten-ta qui-los!"*

Véio... Difícil foi segurar o riso... A Dona Perfeição tentou fingir que não ouviu, mas a cara de quem chupou limão azedo deixava claro que tinha entendido muito bem a provocação... Até cliente já sabe o ponto fraco da louca! Isso pode até ser bullying, mas foi merecido, viu?

E aí a Anelise, muito educadamente, começou a discutir o briefing, o que o cliente tinha em mente, o que poderíamos fazer... A louca baixou a bola bonitinho! Você tinha que ter visto aquilo! Foi a cena do século! Se pá vai até sair na Retrospectiva 2018 da Globo! *"Os fatos mais marcantes do ano."*

Mas hoje é sexta-feira, já são oito e meia da noite e a gente tá aqui no Pirajá. Então vamos brindar mais uma gelada, porque a gente merece, e esse fora bem dado merece mais ainda!

Ooooh, garçom! Traz mais uma rodada aqui pra mesa?

4   Schreder sob a ótica do cliente

Está difícil manter nossa conta com a Schreder. Sei que a decisão de manter ou não manter deve se pautar naquilo que é melhor para a firma. E a Anelise está milhas e milhas na frente de seus concorrentes, quando se fala em marketing digital. Não tem concorrente à altura, essa é bem a verdade. E é óbvio que essa notável superioridade está refletida nos fees, mas ainda assim parece justo o equilíbrio entre o quanto se paga e aquilo que se recebe em troca. Não é na parte puramente comercial que a relação cliente / agência se põe em xeque.

O problema da Schreder é a Anelise. Bem verdade que o diferencial da agência também é a Anelise... Mas a relação interpessoal com ela está cada vez mais insuportável! O que tem de gente nossa reclamando do tratamento recebido dela não está escrito! A situação está fora de controle! A Anelise falta com respeito no trato com nosso pessoal, e isso a gente não pode admitir! Ela pode ser a melhor naquilo que faz, mas isso não lhe dá o direito de tratar as pessoas com toda essa estupidez! Desculpem-me, ela pode até ser o último biscoito do pacote, mas nem por isso pode achar-se o último biscoito do pacote... Falta muita, mas muita humildade pr'aquela mulher, e entre perder todo um time de profissionais da nossa equipe e trocar nossa agência de marketing digital, ainda que isso nos custe um determinado nível de deterioração na qualidade dos serviços recebidos da nova agência que venhamos a contratar, voto pela preservação do moral de nosso pessoal.

Minha proposta? Abrimos um processo de concorrência para serviços de marketing digital e o convite a Schreder deve ser entregue pela nossa Diretora de Marketing, diretamente nas mãos da Anelise. E, nesse momento, explicamos exatamente o porquê de estarmos abrindo tal processo de concorrência. E que, além de preço justo, a Anelise tem que nos oferecer uma proposta concreta de melhoria no trato com nosso pessoal, caso queira manter nossa conta. Estamos de acordo?

5 Tinder

Tenho uma novidade pra te contar... Ontem à noite saí com o crush! Como assim, que crush? O crush, ué! Você nunca ouviu o termo, não? Agora, além de explicar tudo sobre marketing digital, tenho que ficar explicando gíria pra minha terapeuta... Sério mesmo que pago consulta pra ficar aqui dando aula de graça?

Abri uma conta no Tinder. Pode até parecer desculpinha esfarrapada da minha parte, mas abri a conta para fins estritamente profissionais.

Nãããão! Não é nada disso que você está pensando! Nunca paguei, muito menos fui paga pra ficar com alguém, se é que você me entende... O lance do Tinder pra fins profissionais foi por conta da agência. Como poderia desenvolver estratégias de marketing digital se não conhecesse em detalhes as ferramentas, mídias e perfis de usuários dos mais diversos apps e redes sociais? Como saber o que tais usuários, potenciais consumidores das marcas de meus clientes, buscam em suas interações online, se não vivenciar as mesmas experiências que vivenciam na rede? Está um pouco mais claro agora?

Tinha que desenvolver estratégia de marketing para uma marca de lingerie. Seu público-alvo busca sentir-se sensual, atraente, e fantasia experiências sexuais que talvez não tenha coragem de realizar de fato. A campanha explorava a liberdade que a interação online trás para a realização das mais atrevidas fantasias. E que, concretizadas ou não, a excitação pela interação virtual, pelo imaginar todas as possibilidades, seria por si só uma deliciosa aventura. E foi aí que abri contas, inspiradas nesse perfil da consumidora da marca que representaria online, em serviços como Tumblr, Insta, Baddoo e, claro, Tinder. Até em sites de sexo virtual via webcam eu entrei!

Mas voltando ao crush... Nesse processo de descoberta do perfil alvo de meu cliente, acabei dando de cara com o crush... Ele nem era assim tão bonito, e sua habilidade em vender seu peixe online era bastante sofrível! Mas sei lá. Difícil explicar. Deu crush e pronto.

Depois de um tempo conversando pelo aplicativo, e trocando mensagens de texto e áudio pelo WhatsApp, a gente achou que era hora de se encontrar. Assim, de verdade, no mundo físico. E então marcamos encontro no Bar des Arts. Amo aquele bar! E, quando cheguei, lá estava me esperando, sentado ao bar. E ele era exatamente como descrito no Tinder, exatamente como em suas fotos. Não tinha aquela de *"golpe do Tinder"*, com foto antiga e descrição distorcida. Até porque, como disse, sua descrição no app era bastante sofrível. Faltava um bocado de marketing pessoal por parte dele...

E levantou-se ao me ver, e veio ao meu encontro, sorriso estampado no rosto. E me deu um abraço e um beijo na bochecha. Foi feito cena de filme. Mas suas mãos me pegaram de um jeito nas costas, como se buscassem algo que pudessem apalpar. Ele me abraçou e fechou as mãos no meio das minhas costas, como quem enche as mãos com bolinhas antiestresse. Como sabia que me sobravam as dobras neste meu corpo, se nunca tinha me visto antes? Era tão evidente assim? Visível até nas fotos que havia compartilhado com ele? Nunca postei foto de biquíni, sempre tive meu corpo coberto nas fotos que compartilhei online. Como ele sabia? Era assim tão visível, ou tão notável em um abraço, que ele simplesmente não pôde se conter, mas me apalpar as sobras?

Me afastei imediatamente. Não pude me conter. Mas daí disfarcei meu incômodo em um sorriso, e algum comentário do tipo *"Nossa, que abraço gostoso..."*, quando o que queria de fato dizer era *"Sei que sou gorda e me odeio por isso. Não precisa ficar me lembrando disso, logo no primeiro encontro."*

Conversamos por ali, na área do bar, até que o maitre veio anunciar que nossa mesa estava pronta. E então o crush me abraçou, tomando-me pela cintura, como que para guiar-me em direção à mesa, seguindo os passos do maitre a pequena distância. E uma vez mais as mãos do crush se fecham em meu corpo, agarrando minhas sobras laterais de forma extremamente desconfortável para mim. Ele já tinha me medido o corpo todo com os olhos, e apalpado todas as sobras para certificar-se de suas medições visuais. Ele agora tinha certeza da minha situação deplorável. Mas ficou comigo pelo resto da noite.

Talvez porque fosse um daqueles tarados por gente gorda. BBW, não é esse o termo? Se era essa sua parafilia, então era eu a sua Big Beautiful Woman...

Que merda foi sentir aquilo! Nosso date foi do céu ao inferno em duas apalpadas e uma sequência interminável de idas ao banheiro!

Primeiro, tão logo chegamos à mesa. Fui pra me olhar no espelho. Não era a Ana, sei. Espelhos mentem. Menos a Ana. A Ana só me diz verdades. Sempre. Mas aquele espelho do Bar des Arts mentia. Procurava pelas sobras firmemente apalpadas pelo crush, mas elas não se refletiam naquele espelho. Malditos! Isso é ilusão de ótica! Tipo aqueles espelhos de parque de diversão, sabe? Aqueles que fazem nossa imagem parecer mais alta, mais baixa, mais gorda, mais magra... Então. Acho que restaurante sempre põe aqueles que fazem a gente parecer mais magra. Só pra fazer a gente se sentir melhor e poder comer aquela sobremesa deliciosa de duas mil calorias, depois de um desbunde de refeição que daria pra alimentar uma família de quatro pessoas ao longo uma semana inteira!

Depois, foi por culpa mesmo. Não pude resistir. Salada de frutos do mar, seguida de sorvete de fromage blanc com goiabada da fazenda. Me deliciei. E depois me senti mal. Muito mal. Podia sentir cada célula de gordura em meu corpo se inchando, ganhando espaço, forçando cada botão de minha roupa. E isso me deu asco. Nojo. Sentia vontade incontrolável de perder peso, de arrancar toda aquela banha com as mãos, de sentir-me leve como uma pluma. Mas não. Me sentia gorda feito uma porca. E ainda mais pesada era minha consciência, por tudo que comi naquela noite, naquele primeiro encontro com o crush. E então fui ao banheiro. Nem sequer me olhei no espelho. Nenhuma ilusão de ótica conseguiria esconder o quanto havia engordado naquela noite. Então fui e me tranquei e vomitei. Enfiei um dedo na garganta, aquela ânsia e nada. E enfiei o dedo de novo. Nada além de um ruído medonho. E tentei mais uma vez. E foi então que enfiei dois dedos, e ali me livrei de toda minha culpa. Foi horrível na hora, mas reconfortante segundos depois. Me sentia mais magra. Me sentia menos culpada. Me sentia mais eu.

Você tem ideia do poder reconfortante de expelir de seu corpo aquilo que te faz sofrer? Nunca tinha experimentado aquilo. Foi a primeira vez que me livrei de meus pesadelos. Foi tão recompensador quanto terminar um relacionamento abusivo, ou chutar a bunda daquele chefe chato, depois que a gente arruma emprego melhor.

Olhei pro espelho. Me via outra mulher. Me sentia melhor. Assim, em segundos. Não tem sensação melhor neste mundo! Nem o melhor dos sexos com o crush poderia me dar tamanha sensação de prazer como aquela que sentia naquele momento. Então enxaguei a boca com um copinho de Listerine e voltei pra mesa. A gente conversou e conversou e conversou, e ele então me levou até meu carro. Me abraçou. Não teve apalpada. Não tinha o que apalpar.

Tudo tinha saído naquela minha ida ao banheiro. E ele então me deu o tão esperado beijo e nos despedimos. Não vejo a hora de encontrar o crush de novo...

E o difícil é saber o que me dá mais frio na barriga, aquele tesão da expectativa pelo que há de vir. Se é o fato de ver o crush, o papo que flui à mesa, seu beijo delicioso. Ou se é minha libertação de tudo aquilo que me faz engordar, sem ter que perder o prazer de dividir a mesa com ele.

6 Um caso para clínica psiquiátrica?

Ficha número 801. Anelise Schreder. E tem quem diga que coincidências existem... Não existem coincidências! Definitivamente! O número sequencial alocado ao caso Anelise diz muito a respeito de sua patologia! A paciente vive o eterno conflito entre a forma que se enxerga, e a maneira que é percebida pelo mundo! Oito, ou então o infinito. Zero. Um. Pronto! Já terminei meu trabalho por hoje! Agora posso ir pra casa e relaxar na frente da TV, assistindo maratona de House! Quem dera fosse fácil assim... E tudo que esse caso Anelise Schreder não é, é algo simples e fácil de resolver!

De início, pensava em anorexia nervosa. E ainda não descarto o diagnóstico. Mas tem algo a mais aí... Ela acaba de me confidenciar sua experiência com indução ao vômito, e como se sentiu livre após tal procedimento. Existem aí características da anorexia nervosa purgativa. Mas é atípico esse sentimento de alívio decorrente do ato, vez que a anorexia nervosa purgativa costuma vir acompanhada de culpa. Pacientes relatam remorso pela ingestão alimentar, o que de fato aconteceu neste encontro de Anelise com seu crush. Mas o ato de provocar vômito e expelir o alimento costumam vir acompanhados de carga adicional de sentimentos autodepreciativos. No caso por ela descrito, a sequência foi exatamente a oposta.

Primeiro, sentia-se mal com respeito a própria imagem. Acreditava que seu crush podia perceber seu imaginário sobrepeso, e ela passa longe disso! Na verdade, ela tem Índice de Massa Corporal de 18.3, ligeiramente abaixo do recomendado! Sua ficha indica um metro e setenta de altura, cinquenta e três quilos. Um simples quilo a mais, e já estaria em faixa aceitável de IMC. Mas se vê acima do peso...

Em casos de anorexia nervosa, o paciente não costuma sentir prazer em alimentar-se. Mas Anelise descreveu suas escolhas como irresistíveis. Disse ter se deliciado com sua refeição. E aí veio novamente a culpa. E então a indução ao vômito, experiência inédita no histórico de sua patologia, seguida de sentimento de alívio. Sentia-se mais leve, segundo suas próprias palavras. O ato resultou em sensação imediata de perda de peso. Sentia que sua silhueta voltara ao normal, que não havia mais sobrepeso. Sentia que, ao expelir o alimento ingerido, havia expelido também toda a gordura corporal que, segundo a imagem distorcida de si mesma, se acumulava em suas costas e região abdominal. Bulimia?

Dentre as diferenças técnicas apontadas pela literatura, a bulimia se distingue da anorexia nas alterações de peso. Enquanto o anoréxico costuma manter peso abaixo do normal, o bulímico tende a manter-se dentro dos padrões tidos como normais, ou até mesmo apresentando sobrepeso.

Mas nem a primeira, nem a segunda, justificariam essas conversas com o espelho. A paciente parece acreditar em suas conversas com Ana. Percebe-se alteração no tom de voz, por exemplo, quando fala de sua Ana e de todos os outros espelhos do mundo. Não me soa mais como linguagem figurada. Ela realmente acredita que fala com a Ana que, segundo ela, vive no espelho de sua casa. E, por esse simples fato, deveria encaminhá-la à clínica psiquiátrica. Mas ainda é cedo para concluir se seu quadro clínico requererá intervenção medicamentosa ou não. E ainda mais cedo para abordar tal possibilidade com a paciente. Ela precisa se sentir mais à vontade comigo, antes que tal recomendação tenha um mínimo de chance de aceitação por parte dela. Falar em psiquiatria pode até mesmo afastá-la das sessões de terapia!

Então, vamos explorar um pouco mais alguns temas nas próximas sessões. Como foi sua infância e adolescência. Seu relacionamento com seus pais, irmãos e outros parentes próximos. Quando Ana passou a fazer parte de sua vida. Coisas do tipo. Talvez a resposta se encontre ali. Porque o problema não me parece vir do trabalho. Pelo menos não do trabalho em si. Mas pode haver alguma conexão, alguma história que teve origem bem lá atrás. Preciso encontrar esse elo!

Por ora, fica apenas uma certeza. A de que não é apenas anorexia. Ou bulimia, que seja. Tem muito mais monstros habitando a cabeça dessa minha paciente do que ela me deixou ver até agora. E talvez a Ana seja o mais bonzinho deles...

7 Na escola

Não! Não vi o crush de novo, não! A gente se falou, deu até vontade de se ver. Mas achei melhor esperar um pouquinho mais. Eu, dar uma de facinha por lado dele? De jeito nenhum! Deixa ele esperar um pouco mais. Me desejar. Quase que implorar pra me ver de novo. Aí é que é a hora de ir lá e falar: *"Ah, tá bom! Vou cancelar uns compromissos aqui da agência pra gente se ver neste sábado. Mas só se for onde eu escolher. Tudo bem?"* Nada de moleza pro crush não, senão é já que perde o interesse! Esses homens de hoje em dia são tudo assim, querem as coisas de mão beijada e depois desaparecem. Ou então a gente se valoriza, se faz de ocupada demais pra eles, dá uma de difícil, e aí o crush cai aqui, bem nos nossos pés! Aliás, nunca te perguntei se você é casada ou não!

Ok, ok, ok... Não estamos aqui pra falar da vida particular da minha terapeuta... Tá certo... É que já me acostumei tanto com estas nossas conversas que achei que devia saber coisas a seu respeito também! Mas deixa pra lá...

Minha infância? É. A gente nunca falou da minha infância. Te falei da agência, te falei do crush... Na verdade, precisava muito falar do crush! Menina...

Mas ok. Minha infância. Diria que não foi nada diferente da infância de qualquer outra menina da classe média paulistana, que cresceu em Interlagos e que tenha sido criada como filha única. Meu pai é hoje diretor de banco aposentado, e minha mãe foi modelo fotográfica até descobrir sobre a gravidez. Você talvez se lembre da propaganda das Duchas Corona, de 1976, com uma galera tocando violão numa pedra, do lado de uma cachoeira? Minha mãe é uma das modelos dançando e se banhando na queda d'água! A gente se diverte até hoje vendo aquele vídeo no YouTube, nas reuniões de família na casa dos meus pais. Sim, eles são casados até hoje. Não entraram na onda dos divórcios não... Mas acho que foi mais por conta da minha mãe, que até a carreira de modelo acabou largando pra satisfazer aos caprichos do meu pai! Quando a conheceu, era legal exibir sua namorada que era modelo fotográfica e aparecia de biquíni na TV e em revistas. Mas foi só se casarem e aí acabou a graça de ficar mostrando a Senhora Schreder de biquíni Brasil afora... Esses homens...

Por conta do cargo no banco, meu pai vivia participando de eventos esportivos. Era jogo da Seleção Brasileira, era corrida de Fórmula 1, era campeonato de vôlei e de basquete... E minha mãe nunca ia junto. Mas algumas raras vezes ele me levou pra ver competição de natação e de vôlei. *Esporte bom pra menina"*, dizia. E queria de tudo quanto é jeito que eu praticasse tais esportes, e que fosse realmente boa naquilo, e que competisse e ganhasse medalhas. E eu entrava na dele...

Passei anos de minha infância em treinos de natação. Dos sete aos treze, acho. E cheguei a participar de competições. E ganhava. E progredia. E ganhava de novo. E mais uma vez. Tenho coleção de medalhas em casa. Até que perdi uma prova que era muito, mas muito importante. Era tipo a porta de entrada para equipe vitoriosa de natação. E justo naquela prova, acabei terminando na quarta colocação. Ouvi tanto. E tanto. E tanto! Meu pai foi dando sermão do clube até em casa. E não parou de falar um segundo sequer. Me dizia o quanto o decepcionei naquela tarde. Que foram anos de investimento pra nada. Que ele se envergonhava daquele fracasso. E que isso. E aquilo. E aquele outro. Era uma jornada interminável de críticas. Já nem as assimilava mais. Entrava por um ouvido e saia pelo outro, como dizem por aí. Mas foram tantas as críticas naquela tarde que, ainda que entrassem e saíssem, alguma coisa ficou alojada no meu peito. Era a vontade de não lhe dar mais ouvidos. Nunca mais. E foi o que fiz. Desde aquele dia, nunca mais processei qualquer palavra que meu pai me dirigiu a mim. Ele fala, mas não escuto. Quer dizer, escuto como resposta fisiológica, mas não processo. Não gasto um mínimo de energia sequer para transformar as ondas sonoras que emite em algo inteligível. Para mim, tudo que sai da boca dele, desde aquela tarde até hoje, não passa de ruídos. E só.

Mas aquele episódio não me tirou a vontade de vencer, não! Se ele me deu algo de bom, foram essas poucas idas a competições esportivas patrocinadas pelo banco! E foi assim que, por volta dos meus quinze anos, comecei a jogar vôlei pelo colégio. E nossa equipe era campeã! Só tinha gente boa, e um ótimo treinador. E convidava minha mãe, mas nunca meu pai, para assistir aos jogos. E chegamos à final do estadual interescolar, no ano de 96! E, justo naquela final, o idiota do meu pai resolveu aparecer por lá pra assistir. Acho que foi por conta do patrocínio, nem era porque a filha dele estava na final. Mas o motivo não importa. O que importa é que, naquela tarde de quinta-feira, meu pai assistia a mais uma derrota de sua filha. Confirmava-se em sua mente o fracasso. Os anos de investimento pra nada. Esse é o problema de gente de banco. Eles veem tudo em seus valores monetários. Tudo é sobre investimento e retorno. E, uma vez mais, não fui capaz de retornar lucros aos investimentos realizados naquela atividade esportiva. Fracassei aos olhos de meu pai. De novo.

Pelo menos não fracassava na escola! Sempre tive as melhores notas da classe. Sempre. Se não era a melhor aluna, estava sempre entre as melhores. E, pelo menos aí, ele não ficava comparando meu boletim com os dos demais alunos! Nem tinha acesso, acho. Mas o fracasso, aos olhos dele, veio anos mais tarde. Ele queria que seguisse seus passos. Quis fazer algo diferente. Ele queria que mantivesse viva a lógica do retorno sobre investimento. Eu quis seguir caminho que se aproximasse mais ao de minha mãe. E como nunca tive o corpo monumental de minha mãe, de forma que seguir carreira de modelo não seria uma opção viável, resolvi chegar o mais próximo que poderia de seu mundo. E foi assim que veio a USP. Marketing. E então W/Brasil. E dali para a Schreder. Finalmente, dei um retorno financeiro ao sobrenome Schreder. Ainda que, para ele, isso tudo não passe de uma aventura de sua filha fracassada. Porque, para ele, tudo que investiu em meu desenvolvimento, resultou em grande falha na Hora H. Com certeza, espera ansioso o dia em que a agência irá à falência. Acho apenas que ele vai morrer sem ter tal desprazer...

8 Pecado

Bom. Acho que já está na hora de falar sobre isso. Esse assunto tem rodeado minhas conversas com a Ana nos últimos dias. Deve ser sinal de que preciso te contar também. Pra ser sincera, isso já ficou pra atrás faz é muito tempo! Nem me lembrava mais disso! Mas a Ana fica remoendo esse tema o tempo todo, então acho que ela quer que te conte também, sabe? Vamos lá. Acho que vou conseguir.

Devia ter de uns seis pra sete anos. Pelo menos é o que me lembro. Começava a me descobrir, a explorar meu corpo. Não sei se era uma descoberta tardia, aquela fase que normalmente acontece por volta dos quatro anos, ou se era meio que uma antecipação de minha pré-adolescência... Ah! Você sabe dessas coisas melhor do que eu! Afinal, você é a terapeuta aqui, não eu! E nem sei se uma ocorrência tardia ou antecipada dessa fase faz alguma diferença pro diagnóstico... Mas, voltando ao meu relato...

Tinha uns seis anos, talvez sete. Acabei descobrindo, meio que por acidente, que acariciar minhas partes íntimas era agradável. Acho que toda criança um dia passa por isso, não é mesmo? No começo, fazia escondida, sozinha no meu quarto. Mas aí a vontade de sentir aquela sensação gostosa de novo e de novo só fazia crescer dentro de mim! Foi quando comecei a fazer aquilo em tudo quanto era lugar, desde que acreditasse que conseguia disfarçar o que estava acontecendo... E meu lugar preferido acabou virando o sofá da sala. Ligava a tevê no Xou da Xuxa, deitava de bruços no sofá e enfiava uma das mãos por dentro da calcinha. E ali ficava. Assistindo desenho e me descobrindo.

Até que um dia meu pai não foi trabalhar, já nem me lembro por que ficou em casa naquela manhã. E ele viu o que estava rolando naquele sofá. E ouvi ele falando com minha mãe na cozinha. Perguntava se ela tinha ideia do que a filha dela andava fazendo no sofá da sala, que aquilo era uma pouca-vergonha, que ela tinha que me colocar de castigo... Coisa do tipo. E me lembro dele saindo bravo de casa naquele dia, e minha mãe vindo ao meu encontro na sala, de chinelo na mão. Tomei umas chineladas naquele dia, sob gritos de *"Anelise, nunca mais faça isso!"*

Depois de tomar minhas chineladas, fui mandada pro quarto de castigo. Lembro dela fechando a porta do meu quarto, enquanto dizia que aquilo era pecado. E lembro que chorei mais por conta do castigo que por causa das chineladas! As chineladas doeram. Mas aquela coisa de me pôr de castigo porque o que fazia era pecado doeu mais. Pelo menos eu acho... Era muito pequena pra me lembrar de todos os detalhes, mas lembro que chorei muito sozinha no meu quarto.

E foi aí que coisa piorou. Sabia que era pecado, mas não conseguia parar de explorar meu corpo. Aquilo era gostoso, entende? Não fazia a menor ideia de que aquilo era masturbação, nem nunca tinha ouvido essa palavra. Nem fazia aquilo pensando em sexo, e nem sabia o que vinha a ser essa coisa de sexo! Não tinha nada de desejo sexual naquela exploração, mas tinha um desejo quase que incontrolável de fazer de novo, e de novo, e de novo... Só que aí voltei a ser mais cuidadosa. Não fazia mais em qualquer lugar que me sentisse segura. Sabia que não funcionava muito essa coisa de disfarçar. Tinha que me certificar que estava sozinha mesmo, e só então ir lá brincar com meu corpo!

Mas teve um dia que fiquei em casa com meu tio, irmão da minha mãe. Ela deve ter falado com ele, contado o absurdo que a filha dela andava fazendo... E então ele veio me perguntar se eu gostava de ficar me acariciando. Abaixei a cabeça e fiquei quieta. Fiz de conta que não era comigo. Tive medo de apanhar dele também. Porque era errado, era pecado, e quem fazia isso tinha que tomar umas chineladas. E eu já tinha apanhado do meu tio por muito menos, então não podia assumir que já tinha feito aquilo, entende? E foi então que ele veio me fazer cócegas na barriga, e então me descontraí com a brincadeira. E no meio das risadas, ele enfiou a mão na minha calcinha, assim de surpresa. Parei de rir na hora. Ele olhou pra mim, sorriso no rosto, e perguntou se era assim que eu gostava de brincar. Fiquei muda. E ele começou a me acariciar. E não lembro se foi gostoso no começo ou não. Mas lembro muito bem que chegou uma hora que ficou muito incômodo. E ele veio tentar me beijar a boca. E tentei me afastar e gritar, mas ele me tampou a boca com a outra mão. E aí aconteceu. E depois que aconteceu, me disse que era melhor ficar quieta. Não podia contar pra ninguém. Porque, se contasse pra alguém, era eu quem iria apanhar e ficar de castigo. Porque aquilo não era coisa que criança pudesse fazer. Adulto podia, ele não tinha problema. Mas para mim era um pecado imperdoável o que tinha feito. E então não contei pra ninguém. E então ele voltou a fazer aquilo. E mais uma vez. E, sempre que ficava sozinha com ele, sabia que ia acontecer. Até que fiquei com nojo de meu corpo. E ia ao banheiro e não me limpava mais, porque achava que era pecado me tocar nas minhas partes, ainda que fosse para limpá-las. E assim acabei com uma bela infecção urinária...

Quando fomos ao médico, comecei a chorar quando ele foi me examinar. Chorava desesperadamente. Minha mãe não entendia o porquê. Mas eu, sim. Achava que o médico ia fazer a mesma coisa que meu tio fazia comigo. Mas ele não fez. E, depois que me examinou, me levou até uma sala de brinquedos, onde fiquei com uma enfermeira. Brincamos com uns quebra-cabeças de madeira. Acho que foi. E minha mãe ficou no consultório, conversando com o médico. E levei pra casa alguns comprimidos, e simplesmente odiava tomá-los, porque nunca tinha engolido um comprimido antes na minha vida. E também uns sachês para banho de assento. E, depois daquele dia, nunca mais vi meu tio. Para minha felicidade. E quer saber? Hoje nem sequer lembro seu nome mais. Mas seu sorriso... Aquele sorriso horrível de quem estava se divertindo, de forma animalesca, às custas do meu corpo e da minha ingenuidade ... Aquele sorriso jamais serei capaz de me esquecer...

Quer dizer, já tinha até me esquecido! Mas a Ana me lembrou daquele sorriso...

Ahhhhhhhhhh! Maldiiiito!

Se encontrasse meu tio na minha frente hoje, eu juro que o matava, com o que quer que tivesse nas mãos! Matava aquele desgraçado a paulada, tijolada, o que fosse! Mas o matava! Quero ele morto, entende? E ele estava morto desde o dia que minha mãe o proibiu de me ver de novo. Desde meus sete anos de idade. Mas a Ana me fez lembrar daquele monstro...

Por que Ana quis me fazer lembrar daquele monstro? Daquela experiência apavorante? Hein? Hein? Me diz aí, por quê?

Ela sempre me diz que homem não presta. Mas não é por isso que moro sozinha não, viu? Já lhe disse isso antes. Moro sozinha por opção. Porque não acredito nas pessoas. Tive lá meus namorados, mas nunca deu certo. Cada relacionamento, um problema. E agora tem o crush que te contei dia desses... Nunca me esquivei do sexo por causa daquele monstro e o que fez para mim no passado... Mas a Ana vem trazendo esse passado à tona nas nossas conversas, e nunca me diz o porquê. Me ajuda a entender o porquê?

[Inspira. Expira.] Preciso de um tempinho pra me recompor... Onde fica o banheiro mesmo?

9 Ana Lúcia

Sabe o quê? Devia mudar o título do teu cartão de visitas. Ao invés de *"Psicologia e Psicoterapia"*, devia mencionar algo como *"Túnel do Tempo"*! Tudo que você faz é me perguntar sobre meu passado, poxa vida…

Ah! Falando em passado, em Túnel do Tempo… Lembrei de um lugar brega que minha amiga peruana me levou uma vez, lá em Campinas… Túnel do Tempo era o nome da balada… Se fossem fazer um concurso pra mudar o nome, algo assim mais moderno, ia sugerir *"The Walking Dead"*! (…) Não achou graça, né? Tudo bem. Se tivesse ido lá, ia me entender…

Já que insiste em saber tudo sobre meu passado, e pra Psicologia tudo é trauma e tudo tem origem naquilo que se passou, mas não se resolveu na nossa infância… Tá bom, tá bom… Tô tentando ser sarcástica. De novo. E não consigo. Vamos falar sério então.

Tem esse lance com a Ana Lúcia que, volta e meia, alguém me faz lembrar. Seja uma foto. Um comentário sobre alguma coisa que ela fazia e eu não. Alguma memória boba, tipo quando toca alguma música da Xuxa quando tô sozinha em casa. Ou quando minha psicoterapeuta resolve remoer o passado que está enterrado. Literalmente.

Quem é Ana Lúcia? Minha irmã mais nova!

Nãããããão! Nunca disse que era filha única! Disse que fui criada como filha única, isso foi o que disse! Porque a Ana Lúcia morreu quando tinha uns três anos. Eu devia ter uns seis. Acho que é isso. Nossa diferença de idade era de uns três anos...

Minha irmã nasceu em 1983. Fevereiro, eu acho. Meus pais diziam que ela devia ter nascido em abril, mas teve pressa. Queria ver o desfile de Carnaval e resolveu vir antes da hora. Nasceu no dia 11. Prematura. Direto pra incubadora. E minha mãe não saía mais do hospital. Não até que minha irmã tivesse alta. Acho que fiquei sem ver minha mãe por mais de um mês. Ficamos em casa, meu pai, a empregada que passou a dormir em casa naquele período que minha mãe estava fora, e eu. Ia dormir no quarto da empregada com ela, desde a primeira noite que minha mãe passou no hospital. Não queria dormir sozinha, sabendo que minha mãe não estava em casa. Imaginava que ela nunca mais ia voltar. Besteiras de criança, sabe?

Quando chegaram de volta, minha mãe e minha irmã mais nova, foi uma festa! Pelo menos por uns quinze segundos, até que alguém me mandou ficar quieta, porque a Ana Lúcia precisava de silêncio. *Ela é muito fraquinha*", diziam. E, desde que ela chegou, aquela casa ficou um silêncio. Silêncio esse que se quebrava apenas nos momentos não raros em que ela se engasgava com o leite. Tinha uma má formação, acho que se chama disfagia. Ouvi esse nome uma porção de vezes. Não sei se era o problema dela, ou se era um monte de gente perguntando se era disso que ela sofria. Qualquer que fosse o problema, o fato é que ela vivia engasgando com o leite de minha mãe. E depois com a mamadeira. E depois com papinhas, e frutas, e comidas um pouco mais sólidas. Mas só um pouco mais. Não podia ingerir nada que fosse considerado *"comida de adulto"*. Tudo que era dado pra ela tinha aparência de papinha. E aquilo me dava um certo nojo, pra dizer a verdade. Mas também um pouco de inveja...

Teve um tempo que ficava pedindo pra minha mãe fazer mingau, sopa, cremes. Tudo que fosse parecido com o que minha irmã podia comer. Até que ela se cansou disso, mandou eu parar de graça, de querer chamar atenção. Mas não acho que 'tava tentando chamar atenção! Só queria ser solidária com a Ana Lúcia! (...) 'Tá bem... Talvez quisesse era chamar atenção mesmo...

E a Ana Lúcia cresceu, mas nunca se desenvolveu como uma criança normal. Ela sempre aparentava ser muito frágil. Dava a impressão que, se apertasse demais aqui, segurasse com muita força ali, a gente ia acabar quebrando todos os ossos do corpo dela. Ela não crescia. Não engordava. Andava com muita dificuldade. E não falava. E só comia comida de bebê. Essa era a Ana Lúcia. Minha irmã mais nova. *"Frágil feito porcelana"*, como dizia a empregada lá de casa...

Era Natal de 1986. Me lembro bem. Como se fosse ontem. Ana Lúcia ganhou um bonequinho dos

Ursinhos Carinhosos. E eu, um kit da Lego. *"Não deixa sua irmã pegar as pecinhas, porque ela pode pôr na boca e se engasgar, hein?"*, dizia minha mãe. E meu pai. E a empregada. E todo mundo que estava lá em casa naquela noite de Natal. Fiquei com tanto medo que nem tirei as peças da caixa naquela noite. Deixei pra brincar no dia seguinte, no meu quarto, longe da Ana Lúcia.

O que mais gostava dessas ceias de Natal eram os doces que minhas tias traziam pra criançada. Traziam pirulitos, chicletes, balas, biscoitos, picolés... Além da Ana Lúcia e eu, tinha mais um monte de primos e primas que vinham em casa pra ceia. Era todo ano a mesma coisa. Pelo menos até aquele Natal de 1986. Depois nunca mais teve ceia de Natal em casa...

Na manhã seguinte, fui logo cedo até a cozinha e peguei uma bala Soft pra mim. Minha irmã ficava ali, me olhando, esticando o braço e babando, como quem diz: *"Me dá uma também!"* – e eu dei. Mostrei as cores pra ela. Amarela. Laranja. Verde. Vermelha. Ela quis a verde. Abri uma amarela pra mim, dei uma verde pra ela. E fui ligar a TV pra ver se achava algum desenho naquela manhã do dia 25. Só achava missa naquela manhã de quinta-feira. Como assim? Cadê o Xou da Xuxa? Tinha passado especial na véspera, o primeiro especial de Natal da Xuxa. Acho que era por isso que não tinha programa naquela manhã de quinta-feira. *"A Xuxa deve estar cansada"*, pensei.

Quando finalmente desisti de procurar alguma coisa legal pra assistir, mudando os canais no conversor de UHF que ficava em cima da TV, desliguei-a e olhei para trás. Ana Lúcia estava roxa. Os olhos amplamente abertos. Os braços esticados para cima.

Já tinha visto a cena antes. Quando isso acontecia, tinha que ir e dar tapas nas costas dela. Assim ela conseguia voltar a respirar. E foi isso que fiz. Dava tapas nas costas dela, mas eram tapas suaves, de quem tinha muito medo de quebrar seus ossos. Ela era muito frágil, como dizia nossa empregada. E vi que não estava adiantando de nada. E comecei a bater mais forte. E mais forte. E ainda mais forte. Batia com toda a força que uma criança de seis anos de idade podia fazê-lo. Até que vi que não estava funcionando, e foi então que decidi gritar. Chamava por meus pais. Para que pudessem vir me ajudar, ajudar minha irmã a voltar a respirar. E quem primeiro chegou foi a empregada. Ela tirou minha irmã da cadeira, virou-a de bruços em seus braços e enfiou o dedo em sua garganta. Nisso chegaram meus pais na sala. E a empregada tirou um objeto redondo e verde de sua garganta. Mas já era tarde. Minha irmã já estava morta. E, desde aquele dia, meu pai nunca mais foi o mesmo comigo.

10 A história em sequência cronológica

Ficha número 801. Anelise Schreder. Minha complexa paciente que conversa com o espelho... Já suspeitava que seu caso ia muito além da anorexia nervosa. Que a Ana do espelho era o mais inofensivo dos monstros que habitam sua mente. E que devia ter certos fatos isolados que, devidamente conectados, explicariam muito daquilo que se passa naquela alma atormentada... Confesso que não esperava mais que um par de traumas a serem endereçados. Mas acabei me deparando com um amontoado de problemas, uma carga pesada demais para uma infância só...

Anelise carrega o peso da responsabilidade pela morte de sua irmã mais nova. Uma responsabilidade muito grande para ser atribuída, ou auto atribuída, a uma criança de seis anos. Anelise mantinha uma relação conflituosa com sua irmã, Ana Lúcia, e sua enfermidade. Por um lado, queria interagir com ela, e por isso mesmo ofereceu-lhe a bala que acabou custando-lhe a vida. E tentou ajudá-la, buscou replicar aquilo que havia observado anteriormente, aquilo que os adultos faziam quando sua irmã se engasgava com algum alimento. Mas temia quebrar seus ossos ao bater-lhe nas costas, então talvez não o tenha feito com a intensidade necessária para ajudá-la a expelir aquele objeto estranho, entalado em sua garganta. Por outro lado, sentiu que a atenção dos adultos não foi dividida, mas totalmente redirecionada com a chegada da irmã. Era como se, com a chegada de Ana Lúcia, a Anelise tivesse deixado de existir. A ponto de passar a ser chamada Ana, tal qual sua irmã. A paciente não se recorda se tal mudança aconteceu antes ou depois da chegada de Ana Lúcia. Talvez tenha sido após sua morte? Porque poderia ser uma forma encontrada pelos pais para compensar a morte precoce da filha mais nova. Isso só é possível saber, se é que é possível, se Anelise se submeter a uma sessão de hipnose. Muito difícil resgatar lembrança tão distante. Pode ser que Anelise se tornou Ana ainda antes do nascimento de sua irmã, quando tinha dois, três anos. Pode ser que esse fato não seja relevante para o caso. Preciso avaliar prós e contras...

Ao perder a atenção dos adultos, voltada integralmente para a irmã caçula, Anelise teve seu desenvolvimento psicossexual retardado. Ela estava certa ao perguntar se a fase de exploração do próprio corpo não lhe chegou tarde. Normalmente, crianças descobrem suas genitálias ao redor dos quatro anos. Ela o fez aos seis. E logo foi reprimida com o castigo. Ao que tudo indica, Anelise era uma criança sem grandes estímulos sociais. Largada em frente à televisão, sem a atenção dos adultos e sem outras crianças com quem brincar, acabou desenvolvendo mania relacionada ao toque genital. Em suas próprias palavras, não podia evitar o desejo. A ponto de acreditar que adultos não podiam ver o que fazia. Quando finalmente observada pelo seu pai, este não teve coragem de dirigir-lhe a palavra. Esquivou-se, jogando a responsabilidade toda sobre a mãe, que tampouco soube endereçar o tema de outra forma, que não fosse o castigo. Não lhe foi ensinado o diálogo. Ao contrário. Foi-lhe ensinado que tudo que for observado e não for do agrado dos adultos, será condenado. Isso pode ter sido o primeiro gatilho para sua busca incessante pela qualidade superior no trabalho. Anelise se tornou perfeccionista. Quais os defeitos que comete no trabalho, mas não me contou? Porque deve esconder suas falhas debaixo do tapete...

E então a ideia de calar-se para evitar punição maior se potencializou com os recorrentes estupros. Ela não contava a ninguém. E desenvolvia uma espécie de mania. Uma negação a sua sexualidade. Acreditava que sua genitália era suja, que atraía sofrimento, que o simples fato de a tocar era pecado. Pelo menos esse fantasma acabou tirando-a daquela onda de abusos! E ela afirma que superou o trauma, mas preciso explorar o tema com maior profundidade.

O ódio que guarda de seu tio, até os dias de hoje, conflita com suas afirmações. Disse que não se lembrava mais daquilo, que tinha aquela questão como resolvida, e que apenas me contava por que Ana insistia em falar sobre isso. Sua explosão, a carga emotiva demonstrada após seu relato, não condizem com a imagem de alguém que, segundo ela própria, nem se lembrava mais daquilo. Anelise guarda mágoas nos escuros cantos de sua mente, e quando enfim vêm à tona, simplesmente não sabe como lidar com elas. Preciso explorar tal constatação nas próximas sessões. Anelise precisa aprender a resgatar suas mágoas, uma a uma, encará-las de frente e decidir o que fazer com cada uma delas. O que não pode é mantê-las ali, no escuro, de castigo, como fazia e como lhe ensinou sua mãe. Anelise precisa aprender a dialogar com seus monstros, dar-lhes carta de despejo, botá-los para fora de seus cantos escuros. Precisa dar encaminhamento a cada um de seus muitos traumas.

Quando finalmente desenvolveu alguma forma de interação com seu pai, e isso aconteceu muito depois da fase em que a menina busca no pai a figura referencial de um homem, tal relacionamento vinha acompanhado de determinados vícios. Em sua família, eventos esportivos eram privilégio do pai, do homem. Sua mãe não tinha o direito de participar daquilo. E a ela, Anelise, só era dado o direito para que desenvolvesse gosto pelos esportes cuidadosamente escolhidos pelo pai. Assim, o que fazia não era necessariamente porque a ela lhe agradava, mas sim, para que pudesse agradar a seu pai. E tinha que ser a melhor, ganhar sempre, pois só assim tinha a atenção há tempos perdida. E, com a primeira grande derrota, veio a decepção. Ficou-lhe evidente que somente a vitória valia à pena. Isso apenas reforçou seu lado competitivo, sua busca pela perfeição, e reforçou sua preferência pelo silêncio, por não compartilhar sua vida com os outros. Por achar que tudo o que diz de si mesmo acaba aborrecendo aos outros. Que tudo que se trata de sua vida pessoal é chato, entediante. Que a única coisa excitante ligada à sua existência é seu sucesso como publicitária. E agora tem o crush, mas sua excitação pode estar mais ligada ao seu debute na prática do vômito induzido que na figura do crush propriamente dito.

Aqui se tem várias conexões com a anorexia nervosa que veio a desenvolver mais tarde. O fato de a irmã mais nova não conseguir deglutir alimentos, combinado com sua morte por conta de uma bala que lhe foi oferecida por ela, Anelise, pode ter ficado guardado, em algum canto escuro de sua mente, por todo esse tempo. E, por conta de algum gatilho, veio recentemente à tona. Anelise pode ter desenvolvido sua anorexia nervosa como forma de compensar a morte da irmã mais nova, morte essa ligada à impossibilidade de ingerir alimentos. E sua busca pela perfeição se reflete também na busca pela imagem corporal impecável. Exagera nos defeitos que enxerga em si mesma, porque busca uma perfeição inatingível. E conversa com o espelho, porque essa é uma conversa consigo mesma. Não poderia jamais conversar sobre seus problemas com terceiros, pois tudo em sua vida ela considera irrelevante aos olhos e ouvidos dos outros. Imagino o sofrimento interno que deve ter sido para ela tomar a decisão de começar a fazer terapia comigo! Coitada...

Anelise que virou Ana desde há muitos anos. Ana Lúcia, a irmã mais nova, que praticamente morreu em seus braços. Ana, aquela que vive no espelho. Seria a Ana do espelho sua autoimagem? Seria a imagem de sua irmã, as lembranças daquele trauma de infância refletidas em uma conversa imaginária com a pequena Ana Lúcia. Ou seria Ana simplesmente Ana, por que esse é um nome que lhe vem facilmente a cabeça? Ou ainda, seriam tais conversas uma forma de delírio?

Preciso organizar todas estas ideias. Buscar forma técnica e, ao mesmo tempo, didática de explicar a teoria da psicologia por trás destas conexões. Porque Anelise não vai me dar ouvidos se não a entreter com algo que considere minimamente intelectual. Se apenas relatar minhas suposições, sem um belo pano de fundo, citando Freud, Jung e toda essa galera aí, a Anelise vai se levantar e não voltará nunca mais aqui... Tenho que conquistá-la pelo intelecto, porque já percebi que ela se interessa pelo tema. Até fez questão de citar seus conhecimentos em teoria da psicologia em uma ou duas situações...

Acredito, cada vez mais, que seu caso merece encaminhamento a um psiquiatra. Sem intervenção medicamentosa, não acredito que conseguirá despachar todos os seus monstros de volta pro inferno, ou aprender a conviver com eles de maneira saudável. Tem monstro demais escondido ali. Nem os caça-fantasmas dariam conta de sua casa mal-assombrada...

Melhor agora é sair pra ver uma comédia romântica. Não posso deixar os fantasmas dela assombrarem minha mente. Porque, se permitir que fiquem me rodeando mais tempo que o necessário, sou eu a próxima a precisar de um psiquiatra!

Anelise, você conseguiu! Vou ter que falar sobre seu caso na minha próxima sessão de terapia. Porque eu é que não vou ficar carregando esse seu peso todo sozinha, não!

11 Interrogatório

Anelise chegou atrasada no consultório naquela manhã de quinta-feira. Uns cinco minutos. *"Culpa do trânsito. É só cair uma chuvinha e o paulistano se esquece como se dirige..."*, lamentava. Suas sessões de terapia eram sempre às quintas-feiras, semana sim, semana não, às dez da manhã. Era *"o dia e horário ideal para não prejudicar a agenda no trabalho"*, repetia à secretária de sua terapeuta, todas as vezes que deixava a clínica, reconfirmando o horário da próxima consulta. Anelise não era capaz de expressar suas escolhas sem explicar seus motivos. Ela sentia essa necessidade. Era como se o mundo lhe cobrasse explicações o tempo todo, ou se devesse satisfação pelos seus atos e preferências.

"Desculpa o atraso! Sei que perdi dez dos meus cinquenta minutos, mas tudo bem! O combinado não sai caro, não é assim que dizem por aí?" – se explicava uma vez mais. Para ela, na verdade, era um alívio ter menos tempo para falar de sua vida, seu passado, com sua terapeuta. A carga emocional das últimas três sessões havia sido quase que insuportável, rendendo-lhe horas e horas de conversa com a Ana do espelho para processar tanta informação. Talvez nem tenha sido a chuva, o trânsito. Talvez Anelise estivesse, de forma deliberada, tentando encurtar o tempo de sua sessão daquela manhã. E talvez o faria novamente dali duas semanas, atrasando-se uns quinze, vinte minutos. E depois cancelaria a próxima sessão, de última hora, por conta de um imprevisto.

Até que abandonaria a terapia por completo. E isso era algo que sua terapeuta não poderia permitir. Porque sabia que seu caso era complexo demais para ser abortado. Uma bomba-relógio, prestes a explodir, como bem ressaltou ao fim da primeira sessão.

- Anelise. Hoje tenho todo o tempo do mundo pra você. O paciente das onze e meia foi reagendado para as duas da tarde. Precisamos conversar sobre os assuntos abordados nas últimas sessões. Dar encaminhamento a alguns temas pendentes. Enterrar alguns assuntos, desenterrar outros tantos... Encerrar certos ciclos, para que outros possam se iniciar. Tudo bem, Anelise? Você está confortável com isso?

Anelise dá um longo e ruidoso suspiro. Inspira. Expira. Espera em silêncio por longos cinco segundos. E então vira rapidamente o rosto em direção a sua terapeuta.

- O que exatamente significa sua proposta?

- Significa que o formato de hoje vai ser diferente. Vamos conversar. Dialogar. Tenho várias perguntas sobre aquilo tudo que me contou nas sessões anteriores. Preciso entender melhor algumas coisas. E ao estimulá-la a explorá-los sob outros ângulos, outra ótica, espero poder ajudá-la a lidar melhor com eles.

"Não sabia que terapia acabava se convertendo em interrogatório... Porque é assim que essa coisa de

'várias perguntas' soa aos meus ouvidos...", respondeu Anelise, nitidamente incomodada com a proposta de sua terapeuta.

- Não se preocupe, Anelise. Isto não é, não nem tem a intenção de ser e nem será um interrogatório. Preciso apenas da sua ajuda para elucidar alguns pontos que, aos olhos da psicologia, aparentam estar conectados. E uma vez confirmadas tais conexões, você poderá tomar as decisões mais apropriadas para cada um desses pontos. Estou aqui para ajudá-la, Anelise. Esse é meu papel. Mas não posso fazê-lo sem a sua colaboração. E você tem demonstrado enorme engajamento até aqui! Preciso apenas de um pequeno esforço adicional, e estou aqui para facilitar tal processo.

Anelise ouvia as explicações de sua terapeuta, mas seu olhar distante indicava que sua mente estava em qualquer lugar do mundo, menos naquele consultório, deitada naquele divã. Sua terapeuta havia notado tal reação, e manteve-se então em silêncio, esperando por uma resposta. Estava determinada a não dizer mais nada, até que obtivesse uma resposta de Anelise. Podia enxergar ali, na sua frente, a jovem Anelise, que decidira não ouvir mais o sermão do pai, por conta de sua quarta colocação naquela prova de natação, e transformou sua voz, suas palavras, em nada além de incompreensíveis ruídos.

- Tudo bem! Que seja... Não cheguei até aqui pra morrer na praia, não é mesmo?

Sua terapeuta mal podia crer no que acabara de ouvir. Tampouco podia perder tempo, dar uma chance qualquer para que mudasse de ideia. Então avançou no diálogo, sem pestanejar.

- Então vamos lá! Que tal começar com um pouquinho de teoria? Você já ouviu falar de id, ego e superego? Suponho que sim...

- Consciente, subconsciente, inconsciente... É esse lance aí, não é?

- Por aí, mas não exatamente. Deixa eu tentar explicar de forma simples. O id é o agir impulsivamente. O instintivo. A busca pelo prazer, sem considerações acerca do moral ou imoral, do certo ou errado. Está localizado na zona inconsciente da mente, mas não é o mesmo que dizer que o id é o inconsciente propriamente dito. Consegue compreender a diferença?

Anelise moveu a cabeça, em sinal de concordância.

- O ego faz parte do consciente, dando sentido a tudo que classificamos como parte de nossa realidade. Governa as interações entre o eu o e o ambiente. O ego é uma espécie de moderador entre o id, que é a busca instintiva pelo prazer, e o superego. Este último, o superego, é uma espécie de órgão de censura da mente. É o oposto do id, digamos assim. Ali estão armazenados os valores assimilados ao longo de nossas vidas, a marca moral impressa em nossas mentes, por conta daquilo que aprendemos de nossos pais e familiares próximos, a igreja, a escola e todos ao nosso redor que tenham poder de influenciar em nossa formação cultural.

Anelise seguia ouvindo-a atentamente. Já não lembrava mais a jovem que ignorava a voz de seu pai. A estratégia de engajá-la pelo intelecto e seu lado curioso parecia estar dando certo.

- Tentando conectar tais conceitos a tudo aquilo que me contou sobre sua infância e adolescência, me parece correto inferir que suas experiências de vida forjaram um superego com poderes de super-herói. Ou super-vilão, dependendo do ângulo sob o qual é observado e julgado. Seu censor moral parece ter feito curso na antiga União Soviética!

Aquela pitada de humor, no final de sua explicação, parecia não ter agradado Anelise. Sua fisionomia denunciava sua insatisfação. Melhor eliminar quaisquer formas de intervenção mais irônicas, ou logo perderia a atenção de sua paciente.

- Anelise. Sua formação moral foi superexposta a críticas. O errado costumava vir acompanhado de punição. Não havia explicação sobre certo e errado. O que havia era o castigo, sempre que ocorresse um erro. E assim seu superego ganhou certos componentes de id. E olha, isto aqui é pura analogia, hein? Não vai procurar na literatura sobre superego com um toque de id, porque não tem nada escrito nesse sentido! É apenas uma comparação... Só pra facilitar a explicação...

Novamente, aquela cara de *"valha-me deus"*. Subestimar sua capacidade de compreensão, ou apresentar pontos que pudessem ser julgados fracos ou que soassem como mera pessoal, era como jogar um balde de água fria na conversa com Anelise. Precisava evitar ao máximo tais deslizes, ou logo perderia Anelise de vez.

- Em outras palavras, seu superego foi literalmente alimentado à força com certos conceitos morais. Não lhe era explicado o certo ou o errado. Apontava-se o errado com o castigo. Seu superego aprendia sobre o errado apenas quando a jovem Anelise cometia erros, e o aprendizado vinha na forma de castigo. Por falta de explicação racional que a ajudasse a definir conceitos morais, associado ao medo da punição física ou psicológica que decorreria do erro, seu superego entrou em uma espécie de modo de alerta máximo. Tudo que eventualmente pudesse gerar punição, passava a ser catalogado como errado, como algo a ser evitado. E assim seu superego se desenvolveu, mais forte que o poder moderador do ego, e quase que matando o lado instintivo do id. Você está me seguindo?

- Sim, estou. Mas não sei se concordo com essa sua teoria não! Me parece tentativa da sua parte de fazer minha história de vida se encaixar na teoria freudiana...

- Não é, Anelise. Não é. E posso mostrar-lhe que não.

Anelise virou-se de lado no divã, mantendo olhar atento aos lábios de sua terapeuta.

- Anelise vivia seus primeiros anos como filha única, e os privilégios que tal condição lhe oferecia. Pelo menos não há relatos que indiquem o contrário. O fato de não ter lembranças dessa época denota drástica mudança entre a realidade da pequena Anelise até seu terceiro aniversário, e tudo o que se passou depois do nascimento de sua irmã, Ana Lúcia.

O olhar de Anelise seguia fixo nos lábios de sua terapeuta. Como se quisesse compreender o significado de cada palavra pronunciada. Ou quisesse evitar o incômodo olho no olho, numa conversa que já lhe era insuportavelmente incômoda.

- Com a chegada de sua irmã, veio a ausência física de sua mãe. Por longo período, quase um mês. E o sentimento de abandono era evidente, a pequena Anelise indo buscar abrigo no quarto da empregada, única mão amiga que restara naquela casa. E, com a chegada da frágil Ana Lúcia, mesmo a atenção da empregada passou a ser dividida, pois que ela, a empregada, precisava ajudar nos cuidados que a filha mais nova do casal requeria.

"É. Me lembro bem daquelas noites no quarto da empregada...", resmungou Anelise.

- Do que você se lembra, Anelise? Do que você se lembra?

- Que ela me abraçava. E me acariciava os cabelos, fazia um cafuné na minha cabeça, até que eu parasse de chorar e pudesse dormir. Então dormia. E ela me levava de volta pro meu quarto, me cobria e me dava um beijo de boa noite. Às vezes acordava, mas não reclamava, nem voltava pro quarto dela. Percebia que ela havia me levado de volta pro meu quarto, mas ficava por ali. Já me sentia amada.

- Se sentia amada. Esse era o sentimento que lhe passou a faltar. Começando pela ausência prolongada de sua mãe. E depois com a chegada de sua irmã. E depois com o peso dos gritos, sua irmã morta nos braços da empregada que outrora lhe pôs pra dormir. E seu tio, que buscava prazer no sofrimento da pequena Anelise. E então seu pai, as críticas por conta do fracasso nos esportes. Seria isso, Anelise? Lhe faltava amor?

"Talvez...", sussurrou Anelise, em meio a um longo e sonoro suspiro.

- E todos esses eventos vieram acompanhados de alguma forma de punição. E todos foram gravados, registrados pelo superego. Tais eventos ajudaram a formar um poderosíssimo superego, que rege as ações da Anelise dos dias de hoje. Nunca houve uma explicação sobre o certo e o errado. O que houve foi a punição. Abuso. Ameaças. Gritos descontrolados. Acusações sobre o quanto Anelise frustrava as expectativas dos outros. O quanto falhava ao não corresponder ao suposto amor a ela dedicado. O cale-se, não conte a ninguém, é pecado. Tudo isso ficou registrado no superego da pequena Anelise, que ganhou assim superpoderes e reina hoje, quase que unanimemente, nessa sua mente adulta! Está me seguindo, Anelise?

A pergunta retórica *"está me seguindo"* era uma técnica que aprendera ao longo de sua carreira, e demonstrava funcionar muito bem em pacientes que, como Anelise, se recusavam ou apresentavam imensa dificuldade em falar sobre seus problemas.

- E sabe qual o problema de um superego comandando a vida da gente? É que a gente se torna crítico demais sobre nós mesmos! É daí que podem nascer as mais diversas manias! Já ouviu falar em TOC, certo? E o que é o TOC? É a reação inconsciente a determinados pensamentos disfuncionais, que acabam funcionando como gatilho para o tique que o indivíduo acaba desenvolvendo. O TOC é a busca pelo reforço negativo. E tal manifestação ocorre normalmente em indivíduos que cobram demais de si mesmos. Indivíduos perfeccionistas, que não aceitam menos que o máximo de sua performance pessoal. Conhece alguém a quem não lhe era permitido menos que a primeira colocação nas competições esportivas, e que hoje não aceita menos que ser a melhor agência de marketing digital do Brasil, entre as Top 10 do mundo?

- Peraí! Agora vai me dizer que tenho que aprender a entregar menos que a excelência a meus clientes? Se for isso, melhor me levantar e seguir meu caminho. Porque meus clientes esperam pela excelência, nada menos que isso!

- Não, Anelise. Sua agência pode ser a melhor do mundo! Você e sua equipe têm todas as ferramentas em mãos para fazê-lo acontecer, e o farão! O que quero é que tenha consciência desse fato, e busque desenvolver a excelência nos serviços como reforço positivo! Ao invés de *"trabalho desenvolvido pela equipe – refaço tudo porque estava horrível – cliente satisfeito"*, tente posicionar seus esforços em algo como *"trabalho desenvolvido pela equipe – feedback e retrabalho por conta da equipe, sob sua supervisão – cliente satisfeito"*.

- Mas aí nunca terei tempo pra nada! Passarei meus dias fazendo trabalho de equipe com meu time, porque nunca nada chega com qualidade na minha mesa!

- Já pensou em demitir sua equipe inteira e contratar outros profissionais, Anelise?

- Mas eles são os melhores do mercado!

- Então não posso crer que o trabalho chega assim tão ruim na sua mesa, para revisão... Não seria a busca pela perfeição inatingível? Não seria seu superego tomando as rédeas de sua vida, Anelise?

- Ok. Minha terapeuta está me dizendo que tenho que confiar mais no trabalho de minha equipe. Delegar mais. Acreditar que podem fazê-lo. E começar a perder clientes porque a qualidade vai derreter feito gelo...

- Ou... Que precisa treinar sua equipe, imprimir-lhes seu selo de qualidade, fazer com que entendam o que quer realizar, e fazer os acertos requeridos ao lado deles. Até que todos na sua equipe, que é a melhor que existe e não tem ninguém que precisa ser substituído, passará a atuar como minions de Anelise. E, óbvio. O toque final será sempre o seu. Vamos tentar?

- Tudo bem. Vamos tentar. Acho que vai ser um desastre, mas vamos tentar. Cada cliente perdido, mando a fatura pra você, combinado?

- Quisera ter condições de bancar suas perdas, Anelise... Quiser ter condições...

As duas se olharam por uns segundos, sem nenhuma palavra. Então sua terapeuta folheou um caderno de anotações, e deu sequência na conversa.

  Quanto a seus problemas com o espelho...

- Que problemas com o espelho? Do que você está falando? Não tenho problema nenhum com o espelho!

- Anelise, me desculpe! Me expressei mal... Deixa-me reformular minha posição...

Podia sentir que aquela seria a parte mais complicada de toda a conversa. O que lhe parecia bastante intrigante, diga-se de passagem. Porque outros traumas haviam sido endereçados e consolidados em uma única pasta, sob o rótulo *"superego"*, sem grandes controvérsias. Mas o simples fato de combinar, de forma equivocada, as palavras *"problema"* e *"espelho"*, fez com que Anelise se colocasse totalmente na defensiva. Aquele havia sido, até então, o maior equívoco de sua terapeuta.

- Vamos voltar aos relatos sobre sua infância. Podemos voltar à sua infância, Anelise? Muito bem. Sua irmã, Ana Lúcia. Sofria de uma má formação congênita que lhe dificultava a deglutição. E lhe impactava o ganho de peso, crescimento e desenvolvimento. E, por uma fatalidade, veio a falecer por conta de uma bala, um agrado a ela oferecido pela pequena Anelise. Anos mais tarde, a Anelise que se tornou profissional muito bem-sucedida, entre as melhores do mundo no setor em que atua, e que busca a perfeição em tudo o que faz, deparou-se com alguma situação, algum gatilho, que a fez perceber seu corpo como desforme, imperfeito. Palavras como gorda, enrugada, velha, foram utilizadas pela Anelise da primeira sessão de terapia para descrever como se enxergava em frente ao espelho. Não um espelho qualquer, mas seu espelho de sua casa, onde vive Ana, sua melhor amiga. A única que tem a coragem de apontar-lhe seus defeitos. E eis

70

que Anelise passou a experimentar a prática do vômito induzido, e a sensação que descreveu foi de alívio imediato. Era como se todo o excesso de peso que enxergava em si mesma houvesse desaparecido, como que milagrosamente, naquele ato de indução ao vômito. E essa mesma Anelise encontra-se, na verdade, com Índice de Massa Corporal abaixo do recomendado para sua altura. A imagem que Anelise enxerga no espelho não corresponde com aquela que todo o resto do mundo é capaz de ver. Mas não consegui, até agora, descobrir qual foi o gatilho. Anelise, qual foi o gatilho? Quando foi que Ana começou a dizer-lhe que estava gorda? O que aconteceu antes de ter tido a primeira conversa com a Ana do espelho? Me diz? Por favor, faça esse esforço e me diga o que aconteceu?

- O que aconteceu? Você quer saber mesmo o que aconteceu? Vou te dizer então.

E Anelise se levantou do divã e pegou sua bolsa, que estava pendurada em um cabideiro de chão.

- Aconteceu que perdi meu tempo aqui com você! Tempo e dinheiro! Foi isso que aconteceu! Passar bem!

- Anelise, espere! Podemos tentar novamente... Você ficaria mais relaxada se aceitasse submeter-se a uma terapia por hipnose...

- Não tem mais nada pra gente conversar aqui. Obrigado por tomar meu tempo. Até nunca!

E Anelise saiu do consultório, batendo a ponta e pisando firme. O interfone toca na sala. Era a secretária da recepção.

- Não, querida. Nada bem por aqui. Perdemos a paciente. Acho que em definitivo. Deveria tê-la encaminhado à clínica psiquiátrica um pouco antes... Mas ia dar na mesma, ela não ia aceitar... Essa menina é uma bomba-relógio... Já disse isso antes, não?

12 Ressaca

Anelise seguiu à agência naquela manhã, depois da fatídica discussão com sua terapeuta. Mas não sem antes parar no Starbucks próximo ao seu escritório. Enquanto assistia aos carros que desfilavam pela Avenida Paulista, saboreava seu Choco Chip Frappuccino com cobertura de chantilly, acompanhado de brownie de chocolate com doce de leite. Bebia lentamente seu Frappuccino, um pequeno gole de cada vez, nos lábios uma camada branca de chantilly. Partia o brownie em pedacinhos com a ponta dos dedos, ora levando-os à boca, ora esfarelando-os sobre a bebida, adicionando-lhe mais e mais chocolate. Parecia não ter outra coisa a fazer da vida, senão aproveitar seus minutos naquele café da esquina da Paulista com a Casa Branca.

Já era mais de meio-dia quando se deu conta que tanto o frappuccino quanto o brownie eram coisas do passado. E de nada adiantaria voltar pra agência naquele horário. Estariam todos almoçando, provavelmente no Shopping Cidade São Paulo. Então cruzou a avenida e seguiu ao Andiamo, segura de que encontraria parte de seus empregados por ali. Ninguém. Mas já que estava ali mesmo, sentou-se em uma mesa ao fundo, longe dos olhares de quem passeava pelo shopping. Muçarela de búfala empanada. Seguida de uma salada de carpaccio. Nhoque com ragu de ossobuco, acompanhando de uma taça de Brunello. E um tiramisu pra adoçar o dia, acompanhado de um espresso e um pequeno copo de água com gás. *"Pra aguçar as papilas gustativas"*, explicava o garçom.

Pagou a conta sem sequer conferi-la. Simplesmente deu o cartão ao garçom e digitou sua senha. E dali seguiu ao escritório. Já era quase duas da tarde.

Ao entrar, Anelise era recebida com uma série interminável de *"boas tardes"* e suas variações. *"Boa tarde, chefe!"*; *"Boa tarde, Anelise!"*; *"Oi chefe! Tudo bem?"*

Aquelas palavras ecoavam em sua mente. Simplesmente ouvia e seguia caminhando. Sem responder aos cumprimentos. Ou seriam provocações? Ela podia ouvir os risos ao fundo das educadas, porém irônicas palavras pronunciadas pelos empregados, um a um, enquanto desfilava pelos corredores do escritório, para deleite daqueles que dela zombavam.

"Eles me viram no Starbucks! Me observavam pela janela do escritório! É isso!" – imaginava Anelise, em meio ao desconforto da situação. *"E aquele garçom do Andiamo? Ele me conhece há tempos! E conhece cada um de meus empregados! De certo contou pra eles sobre meu deslize na hora do almoço! Mas que filho da puta!"*

Naquele momento, observa a garota do Financeiro mostrando a tela de seu celular pro rapaz que cuida dos serviços bancários. Os dois aos risos, ato abruptamente interrompido ao perceberem sua presença no escritório.

"Alá! Não disse! Deve ter tirado foto da comanda e mandado pro escritório inteiro no grupo do WhatsApp!" – seguia a voz da consciência, atormentando-lhe com todo tipo de pensamento.

Não pôde se conter. Desviou seu caminho, de sua sala para o banheiro. Trancou a porta principal e correu a um dos vasos. E nem precisou de dedos. Vomitou mesmo antes que pudesse se agachar e posicionar-se para seu ritual de limpeza.

Vômito por todo o lado. Dentro e fora do vaso. Cobrindo assento e tampa. Respingado na parede, alguns resquícios na válvula de descarga. E outros respingos mais em sua roupa, principalmente na saia e nos sapatos.

Anelise olhava para toda aquela sujeira com nojo. Não apenas da sujeira em si, mas de pensar que tudo aquilo esteve antes dentro dela. Mal podia acreditar que tinha ingerido tamanha quantidade de alimentos em tão pouco tempo. Sentia-se mal. Diferentemente daquela primeira experiência com o crush. Queria poder sumir daquele banheiro, daquele escritório. Queria poder sumir do mundo.

Limpou o que foi possível daquela sujeira, consumindo todo o papel higiênico e papel toalha que encontrara pela frente. Sentia vontade de vomitar, de novo e de novo, ao efetuar aquele trabalho horrível de limpar seus próprios fluídos corporais que contaminavam o ambiente. O cheiro azedo no ar. Mas não podia chamar a senhora da limpeza. Não! Ninguém, absolutamente ninguém podia saber o que havia se passado! Ainda que, na cabeça dela, soubesse muito bem que todos podiam imaginar o que estava acontecendo ali dentro.

Após limpar a sujeira como pôde e inspecionar sua roupa e calçados, atrás daquela última gota de vômito que poderia denunciá-la a seus empregados, revistou minuciosamente cada canto do banheiro, em busca de alguma eventual câmera escondida, que poderia estar reproduzindo cada segundo daquela cena patética, deplorável, na tela dos computadores e celulares de seus empregados. Não encontrou nada. E só então saiu do banheiro. E seguiu direto para a saída. Sem dizer uma única palavra. E, em sua mente, sabia que todos riam dela. Sem um mínimo de compaixão. Sarcasticamente, se divertiam de sua situação. Malditos!

Mal podia esperar para ter uma conversa franca com a Ana.

13 Papo reto

Chegou ao seu apartamento. Tirou sapatos, meia-calça, blusa e saia. Então, apenas de calcinha e sutiã, posicionou-se de frente ao espelho. Observou-se por alguns minutos, examinando cada milímetro de seu corpo. Refletia-se, de fato, uma silhueta magra. Longe da aparência cadavérica, aquela do estereótipo de uma anoréxica, mas magra o suficiente para que suas costelas lhe saltassem aos olhos. Magra o suficiente para que seus seios começassem a perder volume, ressaltando as rugas e estrias que se formaram em sua parte superior, por conta dos sucessivos ganhos e perdas de massa gorda. O mesmo se podia observar em suas nádegas, que ganhavam forma de gaveta em suas laterais, e seguiam ligeiramente caídas em sua polpa. A perda de peso começava a transformar o corpo de Anelise, resultando em um misto de sentimentos, que variavam entre a felicidade por observar-se mais magra, e a insatisfação pelas rugas e deformações que o próprio processo de emagrecimento forçado lhe proporcionava. Fixou o olhar no reflexo de seus próprios olhos no espelho, que logo se converteram nos olhos de Ana.

- O que aconteceu com você, Anelise? Sua aparência está péssima!

- É aquela insana da minha terapeuta! Fica resgatando coisas do passado, coisas que estavam bem guardadas, quietinhas no canto delas. E ainda por cima ela vem e tenta conectar um monte de coisa que não tem nada a ver uma com a outra!

- Mas o que foi que ela te disse assim de tão insano? Resgatar coisas do passado, eu também fico resgatando... E você nunca me chamou de insana! Quer dizer, não na minha frente! Posso confiar em você, né? Você não fica falando mal de mim pra sua terapeuta, ou pr'aquele seu crush. Ou fica?

- Claro que não, Ana! Você é minha única amiga de verdade! A única pessoa no mundo em quem confio pra valer! Achava, equivocadamente, que podia confiar nela também. Mas hoje ela me provou que estava totalmente errada...

- Mas o que foi que ela te fez assim de tão horrível?

- Ela veio juntando um monte de fato isolado da minha infância e adolescência. Desde minha irmã, Ana Lúcia, até o desgraçado do meu tio. E meu pai, suas cobranças sem fim, seu domínio total sobre a vida da minha mãe. E dali veio querer me convencer que todos esses eventos combinados culminaram na pessoa que sou hoje...

- E o que há de errado nisso, Anelise? Claro que você é o resultado do acúmulo de experiências vividas ao longo de sua vida. Todos somos. Não é mesmo?

- Não do jeito que ela me apresentou! Pra você ter uma ideia, ela veio me dizer que tenho que baixar a qualidade do meu trabalho na agência, que tenho que aceitar o medíocre como resultado...

- E ela está certa, Anelise! Já te disse isso milhares de vezes! Você trabalha demais e quem se prejudica é você, e unicamente você! Olha essa sua imagem! Você ainda tem um mínimo de orgulho nessa imagem que vê refletida no espelho? Porque não deveria ter, não! Olha só pra você, garota! Onde está aquela Anelise que conheci? O que foi que essa agência fez de você?

- Ana. A gente já falou sobre isso. Não estou contente com minha imagem. Mas não vou culpar a agência pelo estado deplorável ao qual cheguei! Uma coisa não tem nada a ver com a outra! Tenho tanto orgulho do meu trabalho na agência quanto do corpo que estou tentando começar a reconstruir! E as coisas estavam se saindo bem... até que aquela bruxa veio e estragou tudo!

- Ainda não entendi o que ela fez... Dá pra ser mais clara, Anelise? Nem parece você falando comigo? Cadê aquela garota assertiva que conheci anos atrás?

- Até minha assertividade aquela bruxa conseguiu abalar...

Anelise baixou a cabeça e começou a chorar. Podia sentir que Ana seguia olhando pra ela, em silêncio, como quem espera que sua amiga se recomponha e volte a falar sobre o ocorrido. Ana simplesmente não tinha a menor paciência para aquele tipo de descontrole emocional.

- Sai daquele consultório me sentindo tão mal. Tão fragilizada. Tão decepcionada com minha própria imbecilidade. Minha ingenuidade ao confiar naquela bruxa sem coração. E, em meio à frustração, acabei cedendo à tentação. Comi. E muito. Me deliciei em um demorado ritual de observação do nada num café. E depois me esbaldei de comer, tudo e um pouco mais, num restaurante italiano. Incluindo vinho, sobremesa e café. Foi praticamente um orgasmo gastronômico. Gozei. Acho que foi isso, gozei. E depois bateu a realidade. Vi como fui estúpida. Estava me entregando aos caprichos daquela amiga falsa, pra quem confessei meus segredos e daí veio pra cima de mim com suas teorias sem cabimento, suas suposições infundadas. E ao cair a ficha, a realidade e o remorso bateram forte. Foi como um soco no estômago, expulsando toda aquela mistura nojenta pra fora do meu corpo. Foram dois ou três jatos, lavando minha alma, expurgando meus pecados e impregnando o banheiro do escritório com aquele odor insuportável...

- Não acredito que você fez esse papelão na frente de seus empregados, Anelise!

- Nããããão! Ninguém viu! Tranquei a porta do banheiro e limpei tudo antes de sair!

- Mas você acha meeeesmo que ninguém notou nada de estranho? Convenhamos, Anelise! Ninguém é burro, não, sabia? Se estava o odor insuportável que está me dizendo, e se se trancou no banheiro, e se saiu de lá e veio embora pra casa... Você acredita meeeeesmo que ninguém notou nada? Não seja tonta, Anelise...

- Você está certa... Eles notaram tudo que se passou por lá... Agora, além de todos os problemas que aquela vaca já tinha criado pra mim, veio a perda da última pontinha de respeito de minha equipe que ainda me restava... Desgraçada...

- Não venha pondo a culpa nela não, Anelise! Afinal de contas, foi você a idiota que não soube se controlar e foi querer comer o mundo na hora do almoço! Assuma sua inferioridade e incapacidade de cuidar de si própria, criatura! Assuma!

- Ana. Você não me entende...

Anelise caiu em prantos. Soluçava desesperadamente. E Ana apenas esperava, em silêncio, observando aquela cena com a maior cara de blasé... Esperando que sua amiga do outro lado do espelho pudesse se recompor para, uma vez mais, continuar sua explicação patética sobre seus problemas auto infligidos.

- Ana. Ela disse que você não existe. Que é reflexo dos problemas que carrego comigo desde minha infância. Que não consegui dar encaminhamento a eles, que guardei comigo, esperando que eles pudessem se resolver por conta própria. E queria saber qual evento, qual gatilho, segundo as palavras dela, fizeram com que você ganhasse vida em meu espelho. Só faltou a doida insinuar que você é o reflexo de minha irmã mais nova, ou alguma coisa do tipo.

Não ouve resposta. Ana permaneceu calada.

- Ana. Você está me ouvindo? A desvairada da minha terapeuta estava falando mal de você! Dizendo que você é nada além de uma imagem projetada de todos os meus problemas, combinados na figura de um arquétipo ou qualquer outro termo técnico da psicologia que nem me interessa conhecer...

Novamente o silêncio. Anelise olhava para Ana, e vice-versa. Mas nenhuma palavra vinha do outro lado.

- Ana. Você está me...

"Claro que estou te escutando, porra! Tá achando que sou surda?" – gritou Ana, numa demonstração de raiva jamais observada antes.

- Você é uma idiota mesmo, Anelise! Não consegue perceber isso? Você é uma i-di-o-ta! Acredita em tudo que te dizem por aí! Por que foi dar ouvidos a uma terapeuta tão despreparada como aquela vadia? Você tem a mim, criatura! A mim! Você não precisa de mais ninguém pra te dizer as verdades que precisa ouvir pra ser uma pessoa melhor neste mundo! Mas nãããããão... A mocinha frágil leu algum artigo nessas revistas fúteis que ficam na mesinha de canto do salão da manicure, se encantou com a ideia da terapia, porque esta ou aquela celebridade falou bem da vadia, e aí você foi lá querer experimentar. *"Pra ver qual é que é..."*, não foi isso que me disse? E o que foi que te falei? Que isso era uma grande cilada! Que só ia te fazer mal! Que ia remexer em tudo quanto é ferida aberta! E se era pra mexer em ferida, sabe que é só deixar comigo! Porque eu, e ninguém além de mim, conhece cada detalhe dessa tua mente doentia, sabia? Pra que perder tempo com terapeuta, quando você tem a mim? Pra quê? Pra quê? Me diz, criatura! Pra quêêêêê?

"Ana. Você está me irritando...", respondeu Anelise sussurrando, a respiração ofegante.

- O que você disse, criatura? Não consigo te entender... Dá pra falar feito gente?

- Ana. Você. Está. Me. Ir-ri-tan-do...

- Ah, coitada... Não consegue mais ouvir umas verdades, não? Acho que essa tua terapeuta te desequilibrou pra valer! Vai dar um trabalho consertar esse estrago...

- Ana. Para! Para já com isso!

- Oh! Parece que Anelise está ficando brava... Tenho que ficar com medo, tenho?

"Ana! Para já com isso, porra!", gritou Anelise aos prantos.

- Qual é, menina! Vai querer crescer pro meu lado agora, vai?

Anelise gritava desesperadamente, cabelo sobre o rosto, as mãos na cabeça. Correu à porta de seu quarto, mas, antes que pudesse sair, foi interpelada por Ana.

- Vai sair assim, me deixar aqui sozinha, sem a gente fechar esse assunto? Não vai embora não, mocinha! Vem aqui agora! Tem uma realidade e tanto aqui para ser enfrentada! Não fuja de mim, porque vai ser pior pra você!

Anelise parou e virou-se de frente pro espelho. Olhava-o com um olhar de raiva que não lhe era característico. A cabeça baixa, os olhos para cima, parcialmente encobertos pelas sobrancelhas. Respirava ruidosamente.

- E aí? Vai ficar aí parada, olhando pra mim feito criança birrenta? Vem aqui pra gente encerrar essa conversa feito duas mulheres, adultas, maduras e confiantes em si mesmas. Ou será que essa descrição cabe apenas à minha pessoa?

Anelise encheu os pulmões de ar e, em sincronia com um alto e longo grito, correu em direção ao espelho. Partiu pra cima. E, em questão de segundos, lá estavam elas. Anelise e Ana. Juntas. Formando uma única imagem. Trincada. E Anelise ao chão. Inconsciente. Cacos. Sangue. Silêncio.

Epílogo

Duas semanas se passaram entre o espelho quebrado, alguns cortes sem maiores complicações (mas que nem por isso deixariam de marcar sua pele com algumas cicatrizes), sua internação e o pedido de encaminhamento a tratamento psiquiátrico. Anelise havia acatado a recomendação de sua terapeuta. Entendia que não poderia suportar o peso de seus problemas por conta própria, e que seu caso dificilmente seria controlado sem intervenção medicamentosa.

Sua terapeuta já não era nada daquilo que dissera a sua falsa amiga imaginária. Anelise reconhecia o poder libertador daquelas poucas, mas intensas, sessões de terapia, e era grata por isso. Sabia reconhecer, após aquela trágica quinta-feira, que não seria fácil o caminho em busca do equilíbrio, da sanidade mental. E ainda era cedo, ao menos para ela, para compreender exatamente qual era sua enfermidade. Mas deixara sua curiosidade de lado. Sua necessidade de pesquisar e saber mais que sua terapeuta. Porque pôde perceber, talvez de forma mais traumática que a necessária, que algo não estava bem, e que havia alguém que poderia lhe ajudar. E que, definitivamente, esse alguém não vivia em seu espelho. Até porque, daquele espelho, restavam apenas cacos, e algumas feridas em cicatrização.

Esse alguém agora era seu psiquiatra. Mas jamais se esqueceria da real responsável pelo início de sua libertação daquele espelho que a aprisionava, espelho no qual viviam todos os seus traumas mais obscuros. Jamais se esqueceria de sua terapeuta, italiana natural de Perugia e que se mudou com os pais para o Brasil quando tinha três anos de idade, em 1978.

Ao lado da cama de Anelise, naquele quarto de hospital, um belo arranjo de flores, na sua grande maioria girassóis, acompanhados de algumas flores silvestres ao seu redor. E um bilhete onde se lia:

"Anelise,

Desejo-lhe todo o bem deste mundo.

Melhoras, menina!

Você vai conseguir superar mais essa, e estou do seu lado pr'aquilo que precisar.

Te amo, minha querida! (isto não é nada profissional, eu sei... mas esta sou eu...)

Um 'bacio' enorme de sua terapeuta,

Verena Pacelli."

FIM

Este livro-degustação (desculpe-me o trocadilho, Anelise!) é dedicado à Verena que mora lá em casa.

Ela não é natural de Perugia, Itália, mas descende deles, os italianos. Não é Pacelli, mas passa raspando.

Não tem formação em Psicologia, embora saiba muito, mas muito mesmo sobre o tema! Deveria até ser agraciada com título Honoris Causa... Só acho...

Se este livro existe, é porque essa Verena da vida real me fez despertar o escritor que há em mim.

A Verena que mora lá em casa, também mora em nossos corações.